飘落的诗雨

朱丽 著

辽宁人民出版社

ⓒ 朱丽 2017

图书在版编目（CIP）数据

飘落的诗雨 / 朱丽著 . —沈阳：辽宁人民出版社，2017.11（2024.1 重印）
ISBN 978-7-205-09160-6

Ⅰ . ①飘… Ⅱ . ①朱… Ⅲ . ①诗集—中国—当代 Ⅳ . ① I227

中国版本图书馆 CIP 数据核字（2017）第 280727 号

出版发行：辽宁人民出版社
　　　　　地址：沈阳市和平区十一纬路 25 号　邮编：110003
　　　　　http://www.lnpph.com.cn
印　　刷：辽宁新华印务有限公司
幅面尺寸：150mm×230mm
印　　张：15
字　　数：188 千字
出版时间：2017 年 11 月第 1 版
印刷时间：2024 年 1 月第 2 次印刷
责任编辑：艾明秋　高　丹
装帧设计：丁末末
责任校对：刘再升
书　　号：ISBN 978-7-205-09160-6

定　　价：78.00 元

借我 一个 春天

—

绿筑成的小径

安静而清凉

路的那头

是个诱惑

也是个谜

—

四季

春

粉绿的裙裾
荡起
几多春意
和止不住的
遐想

夏

这个夜晚
微风
涌上我的指头
好像星星们
早已看见
我眼中堆放的
热情

乘凉的人
在我的眼帘之外

……

秋

落叶的声音
让一潭碧水
丢失了
最初的记忆
我在碧水边
打捞
黄花的笑靥

冬

比起如雪的白发
我更喜欢拽扯
你那撮翘翘的银须
呵呵的笑声
逐散了
屋角的寒

致春

我坚信

春天一定是偷偷躲在

冬夜静谧的一角

等待我去开启

僵硬而笨拙的手

却迟迟未找到它

春之蓝花楹

一

一树的紫蓝

富贵地披在白云之上

听说这花叫蓝花楹

那晚我做了个梦

梦到我戴一束春的花环

在一艘紫蓝的船上

向未知的远方

驶去

二

坠满的枝头

醉了我的心

乱了我的梦

我愿陪着蓝花楹

在冬之末获得重生

在绝望中等待爱情

油菜花

不由拒绝

沁入鼻中

是春天的味道

是油菜的花香

黄得似金

令人炫目

一片又一片

一波接一波

让我

去一朵花中安家

与花蕊为伴

与蜂蝶共舞

夏夜

夕阳

坠入远处的浅蓝之后

树影摇出的黑

将天空仅有的那片光亮

一步步地

逼退了

隐约有一种

夜霭般的声音

从河的那岸传来

逗留在路边那盏昏然的霓虹灯上

粘贴在一位年轻女子疲惫的

眼睑上

人世间的一切，仿佛

都在这拧出泪水的夜晚

继续着

有条不紊地继续着

任谁，也惊不起

一丝轻微的变化

只有一朵花

不着任何颜色

也不思一缕芬芳的野花

在遐思里

悄然地

美丽着……

秋日私语

当优美的钢琴声飘飘落地
扑面而来的
是秋的气息
它的名字叫忧伤
它所诠释的是爱情

仰头向窗外望去
满眼的黄也就逼来
醉了的树枝
左右摇摆
却又不舍不弃

叶的精灵
调皮又任性
踏着琴音节奏
在空中
舞出一曲
绚丽夺目的
秋日私语

中秋随想

一

喝干这杯酒
是否我就能长出翅膀

二

翩翩舞蹈
在金桂花上
在皎洁的月光下

三

空气里都是幽香
混杂着几分酒味
醉了
却不知究竟为何

四

远处有女子邀我共舞
娉婷的轻袖　婀娜的腰姿
她问我
有没有看到她的乡亲
有没有看到羿

五

我看到了她的思念
和我的无奈
都镶在那饼月里

只有可爱的仙兔
在一边无忧地玩耍

寒风中的树

落光了所有叶片的树

孤独地站立在寒风中

好像四围的一切都那么虚空

冷酷与无助

不知树还能支撑多久

不知颤颤的秃枝

还剩下几缕梦影

几丝欲望

几许回忆

没有鸟的影子坠落枝头

没有

然而

却隐隐听到

一只鸟的歌声

那歌声散落着

些许淡淡的绿……

叶之痛

也许落叶的秋的忧愁
也许伤感的泪的回忆
不要问我这究竟为何
你的名字是心底的痛

你的名字是心底的痛
不要问我这究竟为何
也许伤感的泪的回忆
也许落叶的秋的忧愁

三季人

春夏的甜美还逗留在唇边

寒冷的冬

就猝不及防地

冰封了整个世界

挂在树梢上的

那些烁烁发光的誓言

一夜之后

已被寒冷的霜风吹干

那枚摇曳在心头的枫叶

还未来得及做成彩笺

就化为了

乌黑的尘泥

恋人啊

曾生活在笔墨那端的恋人啊

还没给我一个热吻

就消逝在

沉重的冻云之下

彻骨的寒

僵硬了所有的心事

窗外呜咽着的

可是三季人的哀痛

……

冬至

寒风是看不见的利器
踏出门的瞬间
便从每个角度向我发起攻击
并从缝隙钻进我的身体

痛
无情地弹奏着
全身每根神经
路上有些冰块
咬咬牙
我坚持一步步往前走去

是的
我得坚持下去
明天也许雪就化了
过几天树枝就该有了新芽

在枝芽的一端
他披着一身阳光
遥遥走来

冬——冰与骨

我不知道冰与骨谁更坚硬

但我能感觉到

冰的冷峻

骨的执拗

是的

那空空茫茫

茫茫空空中

嚣狂着的

只有雪的白和白的雪

冰不仅要冻结一个世界

好像更要粉碎骨头

凝固骨头里的

那一线红色的欲望

我知道

至少有一根倔犟的骨头

从来都没有低下

卑微的头

冬恋

这场不知压抑了

多少年的风雪

终于爆发

那漫天飞舞着的白

恍若我没完没了的思念

我的亲爱

别埋怨这冬的寒冷

只要你静静聆听

雪风中呜咽着的

是我带泪的低语

只要你细心察看

每一朵雪花的经脉上

都留着

我爱的痕迹

此刻

你是不是站在雪的中央

是不是还伫立在

那棵老槐树旁

是不是仍旧回味着

阳春的

那一抹淡淡的槐花香

冰冻的梦

冰冻的梦

迟迟不肯醒来

那搂着梦的夜

和梦一起轻轻颤抖

总也看不见一线天光

谁知道

那无边无岸的漆黑中

到底滋生了些什么

掩盖了些什么

雪静静地飞着

飞着的纯洁与温柔

好像在呵护

那些悄悄孕育着的

与麦苗一色的

希望

冰冻的梦

迟迟不肯醒来

那搂着梦的梅

躲在宁静漆黑的一角

把一朵花

开在雪中……

借我一个春天

借我一个春天
借我明亮的双眼
借我初生的嫩芽
借我缤纷的彩霞

借我一个春天
借我一席酒宴
借我放纵的激情
借我高歌的襟怀

不敢奢望太多
我只借一个春天
度过
这漫漫黑暗

借你的温暖
披在双肩
借你的笑容
迎对希望的明天

枕着　星星　睡觉

——

我在时间之外等一个人

我在世界之外等一个人

夜

从天空落下

寂静渗透

空气中的每　个氧分子

然而

某些流着血的文字

却挣脱了纸张

肆意地东闯西荡

——

夜之痛

弃我入黑夜
入深渊
入无尽苦海

世界已沉沉睡去
它听不到
我在世界之外的
呐喊

那黑

那黑

那无边无际的黑

那包裹万物的黑

那让灵魂

褪尽光亮的黑啊

可是

发自某个深深的洞底

有鸣虫

在黑暗中高歌原始的性爱

有柳风

在黑暗中吹响柔软的遐思

有鱼儿的梦

驭着丝绸般的水声

在黑暗种出的寂静里飘飘袅袅

不想回到昏昏的灯光下

也不想看见那点如灰的白

裸露的思索

再也不愿披上那件遮羞的外衣

枯竭的眸子

再也不愿看见那些彩色的谎言

那黑

那包裹万物的黑

天上人间一色的黑啊

致亲爱

亲爱的

不要相信你的眼睛

更不要听信任何

诱人的话语

黑暗

已越来越近

亲爱的

跟我回家吧

不要再看星星

它与你隔着

十亿光年的距离

亲爱的

你的身影如此憔悴

你的目光如此迷离

不要再去研究星球

更无需伤神搞懂人类

宇宙是漆黑的陷阱

月亮是一幅画

星星只是装饰

亲爱的

跟我走吧

我们回家去

夜的黑

稀稀疏疏的星点

不知被谁

粘在那夜黑之上

而那半弯苍白的竹月

始终忽明忽暗地

随着我的思想我的足音

移动

我虽然害怕远处

害怕远处的犬吠

害怕远处的夜声

害怕远处那无边无际的黑

然而

我依旧一步一步地

向那漆黑的地方

走去

你是去了黑暗的深处

还是去了

此时此刻

正光明着的世界

往事如弦　往事如弦
如弦的往事
割痛着
我的白昼我的夜晚
割痛着
我所有的思索和信念

我忘不了　忘不了
忘不了你轻轻放在我耳边的歌声
忘不了
你砰砰跳着的心的节奏
忘不了
你逐散黑暗的如雷的鼾鸣

你走了　你走了
没有留下一行暖眸的文字
没有留下一句暖心的话语
没有留下

一朵可让我摘取的云霞

你走了　你走了
你驭着无边的夜黑
悄无声息地
走了

你是去了那黑暗的深处
还是去了
此时此刻
正光明着的世界
……

夜之下

夜如石

一棵不停摆动的柳

没有拂开四围的黑暗

隐藏在黑暗中的

一些微微潮湿的故事

被夜虫编成歌

翻来覆去地演唱

有谁

在等待明日的曦光

从黑暗深处悄悄走来

且走向远方那片灯火的

可是甘愿腐烂的

夜的女人

醉夜

一些揣着的心事

在沙沙的竹风中

在湿湿的屋檐下

散发着

浓浓的酒气

没有一星光亮的夜

仿佛坠入了

无边的

虫鸣声里

门前的那棵垂柳

柳外的那片竹影

在醉目中

是那么模糊

那么宁静

所有的孤独和忧郁

好像

都被黑接走了

被抽空的心

倒在了

夜的墙内……

黑夜

夜的黑

将我紧紧困住

一片砸在我身上的树叶

砸痛了我的思索

那两盏灯

两盏曾明亮过的灯

可是长出了翅膀

飞向了遥远

抑或是在夜的黑中

死亡

无边无际的夜黑中

只留下

孤独的我

和我孤独的呼吸

没有走来的足音

没有靠近的星火

连我的哀恸

也被自己

埋进了

无边无际的黑暗……

独夜

我害怕夜繁衍的种种声音
从心尖窜到耳膜
我害怕夜无边的黑
害怕在无边的黑里独处
害怕独处时
黑色的孤独

我曾经
是那么强烈地渴望着夜
渴望在夜的宁静中
溶入那盏只属于我的灯火
用灯火的光芒
勾勒
一张又一张美丽的图

可如今的夜
夜繁衍出的
那些尖锐的
冰冷的声音
总是那样无情追赶着

无助的我

我害怕夜
害怕那些声音
和声音高处的
黑色的孤独……

夜

一

太阳离开之后

敞亮的天空

拉上了

沉重的幕帘

没有月光的夜

在风声水声和鸣虫声里

弥漫着

几多忧郁

烟头燃出的疼痛

让她的思绪

时断时连

好像

她已习惯

独自坐在忧郁中

用烟雾

封锁那个影子

那个时而清晰时而模糊的

影子

在她还未接上
另一支烟的空隙
那影子
还是撞进了她思想的门
于是
她突然渴望这夜
在那滴冷露中
死亡
……

二

我置身黑里
除了萤火虫般的星星点点
我什么也看不见

什么也看不见
但我听到了黑夜的声音

从近处　从远处
依稀传来

黑夜在摔破酒瓶
黑夜的女子在哭泣
黑夜孤独灵魂在游荡
它们颠覆着原本的宁静
蹂躏着我妄图安然的神经

黑褪去了凡尘所有的面具
在那一点点星火下
燃烧着更疯狂的火焰

而我怀着虔诚
也点一盏灯
为逝去的亲人缅怀
为身边的亲人祈福

我的夜晚

一

我的夜晚
是一面锃亮的镜子
里边有张树皮似的脸

那如鹰的眼睛
死死盯着我

二

我的夜晚
是一部不可躲避的
循环的影片

我受够了那些个酸楚的
镜头

三

我的夜晚
有时化作一束
悄悄盛开的玫瑰

我喜欢枕着它的芬芳
入眠

夏夜之醉

夏夜的黑

欲掩盖

心里莫名的慌

一杯红酒

让一方世界悄然坠入

似醉非醉的迷惘

你的气息

还残留在那孤独的石头上吗

那束像星星一样深情的目光

恍若依然在酒杯中

晃晃摇摇

摇摇晃晃

窗外的槐花树

兀自放逐着

缕缕芬芳

但不知哪一缕

才是你

心中最温柔的香

晚安吾爱

把披着厚厚冬装的夜
盖在自己的身上
影子在晃动
世界像风一样消失
我在昏暗的台灯下
用夜的迷离笼住我的迷离

树的影子，灯的影子
我杜撰的影子
世界的影子
好像都聚在一起了
并慢慢地
变作你的影子

我没有疼痛的感觉
也没有下坠的感觉
只有巨大的虚空
像夜的巨翼
那么无限
那么辽阔

我知道

此时的你

正在为我

编著一节鲜艳的梦境

正在为我

打造一个灿烂的黎明

我不想逃出这夜

我甘愿在台灯发放的粉黛内

让那些影子

搂我入怀

然后

垂下眼帘

在一片静寂里触摸你的影子

然后

在那声晚安的余音中

让心底所有的一切

瞬间归零

梦语

我睡觉了小眼睛

不要想我

不要念我

也请千万不要

跑进我梦中

我知道你那还在下雪

也知道你想对我好点

好吧

那就给我寄个你堆的雪人吧

不过一定要和你

一样漂亮

夜之殇

夜

轻轻地

撩拨着低沉的大提琴

那音符

如掀帘而来的风

吹进了

孤独的心里

一种淡淡的忧伤

就这样

在灯的暗影中

不明不白地弥漫开来

伸出的手

把那哀哀的音

一点一点地聚拢

然后，缩小成

一滴青色的泪

记忆的影子越拉越长

那些不堪回首的往事

渐渐地

与杯中的咖啡融为一色

而琴音

依旧……

某个秋的夜里

一朵无名的花
被埋在
深深的夜黑里

有风横过河面
瑟瑟的风声
压住了
一岸虫鸣

是谁
遣派那无边的寒
流产着
这多尚未发育的梦

灯在远方
黎明的唇
在远方

醉隐瞒的心事

有的情绪只适合在夜里滋生

就像有的痛只能紧紧

攥在手心

今夜我饮了三杯酒

一杯回忆

一杯苦涩

一杯是祝福

某些曾发着光

曾梦幻般甜美

如今又让我疼痛的字眼

天亮以后

会逐渐迷糊

逐渐淡去

有的花落在幽暗的角落

悄然无声

就像我今晚醉后

深深的叹息

致 梦中的 罗密欧

——

我选择

独自咽下这苦涩

在幽幽的夜深里

靠一支香烟的火来取暖

凝视你的身影

在烟雾中

慢慢飘散

——

时光漫语一

一

时光总是跟我们作对
痛苦的时候
它以蜗牛的速度爬行
欢乐的时候
它却比飞马跑得更快

二

我一生的时光
不够写好一首诗
我整理前生的笔记
发现也没来得及
认真地去爱过一个人

三

他的出现在意料之中
却又是意料之外

他如同一个火球

以巨大且不可抗拒的力量

穿越一亿光年

向我呼啸而来

时光漫语二

一

在时光的年轮上
寻了一遍又一遍
转了一圈又一圈

渐渐
我成了孤独的舞者

二

着七彩锦衣
戴花冠头饰
我在星辰间踱步
我在月亮上飞舞

终地
我跌落凡尘

时光漫语三

一

马蹄哒哒
英姿飒爽
他雷电般驰来
又擦肩掠过

他看不见我
我亦
望不穿他

二

渐渐
我明白了这个词，它叫
土地
可我费劲全力
仍踩不踏实

是的，我的灵魂

还在游荡

三

他是席卷的春风
扑面
却握不住

我独自在风中
任泪水
肆意流淌

时光漫语四

一

有的时候
一刻便是一生

繁琐的一生
我只撷取那一段珍藏
其余的
通通忽略掉

二

我承认有时我是孤傲
所以不得不忍受
独自终老

问时光借一杯酒
那时若醉了
会不会吐露
你是疯长在我心底的

野草

三

等我再老些
会养几盆花
再喂些小动物
静静在余晖里
笑看夕阳

把时光裁剪成一片片
织成一件
韵味的衣裳

当我爱上你

月亮本是朦胧的喻体

躲在浅秋的夜里

读懂了它

我相信就能明白你的心意

这一池的涟漪

缩进你的瞳孔

我出神于这盈盈水波间

咀嚼着波光荡起的

片片诗句

当我爱上你

只是一瞬间的事

而当我要真正走进你

却似乎又隔着

一生也难以逾越的

距离

写诗

写诗

拾一段柳枝

如笔

刻下我心事

写诗

诗中的女子

盈盈的双眸

让我看仔细

写诗

燃烧的稿纸

如火般映照

昨日的相思

写诗

满腹激情

无处放肆

天涯咫尺

仅是　你的名字

画的孩子

就那么突兀地

从一幅画中

跳到

我的面前

他那朝天立着的羊角小辫

飞舞着几分稚气几分任性

任性的孩子

把蓝天挂在辫梢

把大海摊在掌心

把一波一波的稻田

丢在眼睛的一角

我最喜欢他那出神的模样

好像所有的事物

都被他逐得很远很远

只让一份宁静裹着小小的躯体

此时此刻

从他眸子里溢出的

是鹅黄的思索

和幽蓝的深情

我知道

他是在告诉我

——他的生命中

蕴藏着无限的爱

可我不敢奢望

我怕一眨眼

小獐就会消失

他又会

飞回画卷

思念

我在湖面嗅到你的气息
那么温柔清新
我知道你在对岸
对岸　遥不可及

我握住身旁掠过的一丝风
怕那湖面会泛起涟漪
怕它会惊扰你
怕我一眨眼你便消逝

我听到你在叹息
无奈又悲凄
你忧郁的双眸
摇晃着我永远看不透的
迷离

我要把你画进诗里
我要把你锁在睫毛间
我要在绿野之旷　幽香之径
白云之巅　寂寞之上

在那一曲曲优美的大提琴旋律里

深深地想你

你来的时候

你来的时候很轻
就像一片月光
悄无声息
爬上我的肩头
我喜欢这样的感觉

静静地
闭上眼
温暖　而轻柔

这样的温暖和轻柔
像最后一颗氧分子
在细胞中悄然开放

种子

你把种子
种在了我的心里
它在我的心里
生根发芽吐绿

我和它一起
沐浴你的阳光
我和它一起
接受　你的暖风

它已长成枝繁叶茂
而我却在
漫长的黑夜与白昼中
逐渐褪色
逐渐　衰老

因为　没了你的爱
它便吸吮我的骨髓
锥心般的疼痛
只有月亮和太阳知道

其实我宁愿

在这疼痛中死去

宁愿在种子当初的誓言中

画地为牢

爱的疑惑

我深知

爱是个疼痛的字

爱是一剂有毒的药

我一直遥遥地看着

我害怕靠近

害怕自己的神经

像火线一样嗤嗤作响

太多太多的泪水

淹没过我有限的青春

太多太多的悲叹

绞杀过我深夜的梦呓

太多太多的疼痛

撕碎过我露宿的灵魂

我系牢了心中的渡船

不让它横过银河

我深葬了心底的欲望

不让它在春天发芽

然而

我并没有因此而掬起温暖

我并没有因此而放出歌声

我还是忘不了

那些永远年轻的歌谣

我还是羡慕着

那些春光里结伴的黄莺

和夕阳下双飞的白鸟

我会在丁香花盛开的时候

背靠着一片纯净的白

向你大声喊出

我——爱——你

——尽管

我害怕爱

致梦中的罗密欧
——写给情人节

很多时候

我会忘了你的模样

而你低沉磁性的嗓音

却穿透时空

每日每夜

弥漫我整个心扉

很多时候

我幻想我们徜徉海边

手拉手　心贴心

白云在你眼里幻化

鱼儿在你眼里游弋

而我的眼里

只有你

哦，罗密欧

你是传奇，你是神话

虽然你只活在我梦中

很多时候

我希望就在梦中与你

恩爱甜蜜厮守缠绵

沉醉春风，永远永远

永远不要醒来

忍不住爱你

忍不住爱你

当雨点潇潇落下

穿透双眼

湿润了从未有过的迷惘

忍不住爱你

所有的语言都不及沉默

这一刻　多么盼望

我随这雨点

滑落进你的心房

忍不住爱你

悠悠的琴声

哀怨地倾诉

这不是寂寞撒的谎

忍不住爱你

那天边的云

如同太平洋的浪

一波一澜

在心底悠悠荡漾

忍不住爱你
原来
爱是野草
越是压抑
越是疯狂生长

如果

如果我心底的忧愁

传递到了你的眉梢

我会轻轻抚平它

亲爱的

我们一定要快乐

如果从我全部的行囊

只搜出几枚枯萎的文字

请别埋怨我的贫困

至少我们可以牵手

笑看落霞

如果火焰非得从我的胸膛蹦出

请你一定接住它

就让我们把这黑夜

燃烧得透亮

蝶音

噗噗的蝶翼声

一遍一遍

曾在小巷上空回响

在花的耳畔呢喃

如今又一遍一遍

摇醒花的梦

那只蝶儿离去以后

花很少笑过

不知是蝶对它承诺了什么

还是已把它的心掳走

所有的记忆

似乎都停留在了那一刻

那温柔的阳光

洒在花的脸上

蝶在它耳边

飞舞着火辣辣的情话

可是蝶啊

却不知它又

飞向了何方

只有那株

墙角的老槐树

忠厚地呆在原处

木讷地看着一切

路人

远远的

你从路的那端走来

带着一身风霜

和满面倦容

而你的眼睛

在暗夜里

明着比星星更亮的火光

她在火光里徜徉

她在火光里高歌

她在火光里舞蹈

她在火光里燃烧

你告诉她

你只是一个路人　一个过客

你的梦想

在那遥远的地方

带着葡萄酒的香气

和微醺的醉意

你毅然离开了

走向茫茫的

望不到头的

路的那端

爱的书笺

爱情来的时候
如闪电划过心房
瞬间
没了呼吸

从此灵魂出了窍
轻盈的羽翼
再托负不起
沉甸甸的心事

我不知道我的眼睛能记忆
多少颗雨滴
更不知我的眼眶
能储存多少颗泪滴

我只知道
为了你的一句肯定
我迎着雷电
昂然冲进
滂沱大雨

谁也无法阻止

缠绵的风雨

盛开夏荷的莲池

也荡起阵阵涟漪

一封寄不出的信

那封寄不出的信

就那样

伴着几亿粒死亡的尘灰

哀哀地

躺在泛黑的书桌上

迷惘中

那个影子又跳了出来

他披着三千年前的星光

他握着一万年前的暮霭

他的脚步

比一枚落叶更轻

他的目光

比十个太阳更暖

他折断一枝杨柳

抛下一片落红

之后

转过伟岸的身躯

迈向了
晚霞拽出的
没有一星光亮的夜

那个背影
那个逐渐模糊
那个永远清晰的背影
寒透着
一个艳如胭脂的春天
寒透了
一个色如残阳的秋天

湿了又湿的信
用数不清的伤疤
遮掩着白昼
遮掩着夜晚……

你的白昼是我的黑夜

我与你

隔着时差

你的白昼

是我的黑夜

我在看不清

许多物相的黑中

闭目想你

想你的呼吸和

围绕着你的阳光

你澄蓝的双眸里

海波在跳跃

迎着海风

你忘情地奔跑

多想借你的慧眼

擦亮一切的真相

多想借你的才智

在黑夜爬上月亮

我的叹息

有意无意飘落你身旁

你发疯般

用如火的目光

把我寻找

唉，难道你不知道

不知你的白昼

是我的黑夜

未完的影片

还没等一个笑收住

还未让一颗泪弹出

就那么简简单单地

画上了句号

如一个忽闪而去的背影

从此又是云淡风轻

从此亦是茫茫天涯

从此各自书写着

对方读不懂的文字

可是那个忽闪而去的背影

总在夜深的时候

继续着

那部未完的影片

挤在舌头上的语言

会再次

被丢进黑幕

都不见了

（男）

那暖暖的鸟鸣

可是已跌入

水烟如梦的湖里

（女）

那朵阳光下盛开的花

和那些如花的伞

和伞下萌动的青春

不见了

（男）

嬉戏的鸳鸯不见了

同归的誓言

好像只绿了

水边的那枝垂柳

（女）

不见了！（男）不见了

（女）那条踏过无数次的曲径

已被一堵高高的墙

隔离成斑斑驳驳的记忆

（男）

不见了！（女）不见了

（男）都不见了（女）不见了

只有那棵老槐树

还卑贱地（男：卑贱地）

（合）站在原处……

一切都变了

我以为一切都变了
记得初识的那天早晨
你和我和树林和野草和山花
都笼罩在如纱的轻烟中
你清澈、明朗的笑声
在山谷中久久回荡

我以为一切都变了
天空蓝得有些炫目
我们披着阳光的外衣
我们哼着山间的小调
我们逆着流溪
我们顺着山风
我们几乎要登上
那朵逗留在峰巅的白云

我以为一切都变了
你的目光是那么柔和
你的手心是那么温暖
你的热吻是那么甜蜜

我相信短暂的一刻

有时就是漫长的一生

我相信短暂的一生

有时就是漫长的一刻

如今

你那没有回音的手机

让我痛苦

让我清醒

一切变了

一切都变了

一切真的都变了

真相之后

尼古丁并没有
麻醉我
相反它却不住打探
不断刺激我的神经

心已被掏空
尽管也曾被谎言的泡沫
幸福地填充
如今虚弱的身子
找不到任何力量可以支撑

我的心啊，它被刺破
口腹蜜剑的刽子手
带着爱情的假面
向我发起一次次进攻

我已彻底绝望
是的，是在关于
知道他的那件
桃色事件之后

门

门重重地合上
关闭了整个世界
踩踏在我心上的脚步声
慢慢消逝在门的外边

她的啜泣声
刺痛了这夜的静谧
艰难地
我还是跨出了这道门

独特的古龙味
还在门内萦绕
而此刻冰冷的门上
又浸透我多少的泪痕

门外的月色如水
我举不起思念
而此刻满天的星星
都在数落我的寂寞

多少个不眠的夜里

门静静陪着我

我们彼此对望着

那是它用沉默回应我

多少次在梦中

门开开合合

我们彼此爱恨着

那是门用距离挑战我

门啊

承载了我的所有

只盼望

慈悲的你张开怀抱

让那翩翩的身影

重回我的身旁

（朱丽、青蛙王子 创作）

你的沉默

你的沉默

像一把幽森的刀

在漆黑的夜里

割着我的孤独

碎了我的梦呓

你的沉默

若一池死亡的水

无论风怎样吹

都不会

激起一朵小小的浪花

你的沉默

似北国之北的

零下三十度的酷寒

我尚未靠近

骨头

已开始战栗

你的沉默

可是你灵魂背后的

另一个

谁都不敢触及的灵魂

可是你谎言背后的

另一行

我永远都无法辨认的文字

我已不愿在

你的沉默中绝望地挣扎

我在等

天际之外的

那一行大雁飞过……

从未离开

灵魂拽着要离开的身体

两个方向

撕裂

血流了一地

是的

要么

留下

要么

踏上那条云中的路

远处传来的

那只荆棘鸟的叫声

欲揭开

一段秘密

山坡

昨夜

我又梦到了那个山坡

和山坡上那间

迎接过你出生的土屋

那只忠实的小黄狗

早已不再活蹦乱跳

它只静静地

蜷卧在裂缝的土墙下

它那双似开未开的眸子里

不知被岁月

灌进了

几多无奈几多悲凉

记得你说过

要放下一切

带我去山坡住下

然后，你耕我种

然后，我歌你画

如今

我在一年又一年的等待中老去

只有在一次又一次的梦中

才站在了

落叶荒草的山坡上

才靠在了

几欲倒塌的土墙边

……

冰与火

你决绝的话语随着烟头
滚落地上
寒意被火苗
烧得嗤嗤作响

你潮热的呼吸
火辣的眼神
仿佛就在昨日
把我如冰的心
融化

那个夜晚
星星不停眨着眼
向屋内打探
我听到屋外有一只小猫
轻轻掠过

这一切犹在眼前
可你那烁烁发烫的眼睛
如今像两颗无色的冰粒

燃烧的烟头

正一点点熄灭

冰与火

原本只是一个过程

致别

这个夜晚没有星星
没有一双明亮的眼
再见吧亲爱
尽管月与云曾轻柔相依
吐着情语款款

那些滚滚的车河
闪烁的如一串串血红的
泪珠
为何总也淌不完

用一首歌来祭奠
那些疼痛蔓延着夜的
每一个角落
叠加再重复

再见亲爱
把花开叶落都摒弃
就这今夜
把某个字扔回给天空的阴云

和远方

那看不见的炊烟

远行

一

天
灰白得渗出些泪来
树叶坠落的声音
掠起我心底
阵阵无言的疼痛

腕上的秒针已静止
手机是空虚结伴的道具
陈旧的大包
装满我
叠叠沉重的心事

在回眸中
那个熟悉的地方
那个诞生和泯灭我希望的地方
渐渐远了　淡了

这是我离开的日子

这是我寻觅的开始

二

风在吹　云在泣
我流浪　我远行

尽管也曾无数次渴望
彼此坦诚透明地对视
如今
所有的真情都似樱花落地
所有的付出都如流水背弃

空空的心
就让它空空吧
一如空空的天宇
空空的荒原

雨后
洗净污垢的天空湛蓝　洁净

路边有一朵湿润的野花

美丽清新

婷婷而立

三

大地

离天空越来越近

白白的厚厚的

棉花

柔软地挂在头上

心情突然很轻松

又温暖

我遥想着湛蓝之外

遥想着山影之后

我还想

约个情人去云上睡觉

四

透明的电梯外
簇拥着大片的紫罗兰
在关上门的那一刻
他　如一道阳光
晃了进来

俊朗的他
搅起了空气的沸腾
紫罗兰淡淡的羞涩
弥漫开来

他墨镜后
似有鬼魅般穿透力的光芒
赤裸裸地
我
无处可逃

电梯越发狭窄

有一团火

在逐渐燃烧

……

五

整整一个下午

精神恍惚着

电梯里的瞬间

仅是时光美好的片段

而它却生根

盘踞我心里

紫罗兰用微笑

安抚着我迷乱的心

发呆般

坐在花丛中

思想

却长了翅膀

忽地

有小鹿猛地撞进我胸膛

身后有灼灼的目光

我知道

是他来了

……

六

他什么也没说

只静静地坐在我身边

我们并肩小心地

呼吸着

微风把我的长发轻轻

吹拂到他的脸上

紫罗兰盛开得越来越多

在远处

与天空连成一片

七

天
会一直晴下去
因为那里住着位慈祥的爷爷
瞧！他做了好多　好多
雪白的
棉花糖

你仰头笑着说
真想把棉花糖吞到肚子里
那样我们就可以
飘到天上
……

八

我是一只蝴蝶翩翩舞蹈着
我是一只黄鹂高声歌唱着
当我入睡时

唇边
仍存留着紫罗兰的芬芳

然而
那些遗留在我梦中的铁钉
再次碾醒初生的梦
是的
此时窗外又下雨了

仓皇失措
我哭泣　我逃匿
我流浪　我远行

九

终于把这场雨走尽
阴郁的心情仍笼罩在天空
阴郁的天空挂在灰蒙蒙的
心上

那个风一般的影子

带着遗憾的美丽

逐渐模糊　淡去

天越来越暗

背包越来越沉

也许已失去爱的勇气

也许灵魂原本是孤独

茫茫天涯　天涯茫茫

我远行　我流浪

我　流浪……

当我转过淤泥堆积的弯道

天边突然跳出金灿灿

绚丽的光芒

它以闪电的速度

弹进我的眼帘

惊慌的眼睛本能地拒绝着

可身体却接受了它

并就在那一瞬暖了起来

细胞复苏了

腕上的秒针开始滴答

依稀有小鸟在歌唱

有种子在破裂　萌芽

孱弱的心啊

我想把它也掏出来

拿到阳光下晒一晒

路旁的芦苇一簇簇

蓬松而慵懒地美丽着

沉默而无怨地微笑着

小鸟的歌声拉着我

朝着天边

朝着那道阳光

坚定地走去……

白云之上

一

像一个幻象万千的世界
像一块湛蓝无边的画板

恍若有一个顽皮的小孩
正在用白色的粉笔
在那画板上
拉出了
长长的两行

我的童心
被那两条白线诱发
我也想用粉笔
在那画板上
画出明亮的星星
画出皎洁的月亮
画出浩淼的银河
画出银河两岸繁华的街市
和一座

连接街市的大桥

二

怀揣着
一朵鲜花的心愿
积攒了整整一冬的热情
还有心底那些快发霉的文字
我们都曾那么渴望抵达

然而
这高高的白云之上
没有绽放的鲜花
没有叮咚的溪流
没有虫鸟的鸣唱
也没有我梦中闪烁的金光

那些外表华美亮丽的文字
其实
早已烂掉了

生命的根

射进我眼里的
那更广袤更神秘的蓝
让我的心
忽地痛了起来

三

我渴望回到
有蛙声有虫鸣的原野
我渴望回到
有炊烟有鸡鸣的村庄

我将在每一个黄昏
背着暮霭吟诗
我将在每一个早晨
迎着曦光起舞

四

不要再骗我了
不要。
那些你新编的
湛蓝湛蓝的故事
依然无法阻止
我对麦田的思念
那阕你新创的
洁白透明的神曲
依然无法解除
我对稻花的迷醉

我会选择
一个晴朗的日子
归去
我会吟着
陶渊明的那首名诗
归去

如歌的　行板

——

秋的晨

天空虽是晴朗

却已有了几分萧瑟

遥远的他

不知此时可好

一份若隐若现的思念

使这个清晨

心如秋的果实

美好并沉甸着

——

相思

世间没有一只钟
能把时针拨回到从前
也没有一把刀
能断了相思的线

醉语

一

当你走过我身旁
天籁俱寂
忽听到一滴泪
掉落的声音

我俯身要拾起它
我想
我是不是喝醉了

二

借我勇气
拼却一醉

把躯体扔下
让灵魂随你远去

三

你一扭头
满树的桂花都笑了

雀跃的心啊
我想把它挂在高高的
那弯月亮上

四

亲爱的
一定是你放了只小鹿
进我的胸膛

此刻
它在里边又蹦又跳

泪殇

强忍住。
我害怕涌出的泪水
会冲走你的影

更怕
在眼泪的长河里
重新将你打捞

很多事

很多事

从你的唇边滑过

跳进我的胸膛

很多事

在你的脑后奔跑

在我的睫毛上舞蹈

很多事

挂在你昨日干枯的树梢

却炙热地

在我耳际

一遍又一遍

回荡

等待

我把长长的日子
叠了又叠
只为
早日见到你

那三根银白色的时针
依然冷漠地
在墙上慢吞吞爬着

迷

不愿再费光阴

去猜想

那些终身都无法看透的事物

把眼泪包裹着的谜

打上一个别致的死结

然后背在背上

去追赶那缕晨风

蛇

见到一个缝
就企图钻进去

稍有机会
便吐着阴森的寒气
张开夺命的巨口

农夫和它的那段往事
让颤抖的我
不得不避而远之

爱情

一

是月亮
滴落在湖里的一滴泪

痴情的人
总是费尽心思打捞着它

二

是强盗惯用的
锐利武器

不仅要窃了你的羽毛
还要掳去你的灵魂

三

是一本美妙的童话书

翻过的那一页
永远
不再回来

四

它的燃烧
似光的速度

我只得把自己绑在风里
这样可以随它
飘得更远

暧昧

你嘴角的笑
荡起一个个甜蜜的圆
轻易困住了我

心力交瘁
我无法走出
却听到你的声音
早已飘到远处

活

我时常
在舌头搅起的水花里
浮沉

但我仍坚定地
朝着对岸的那束微弱的光
渡去

往事

一

许许多多的往事
挂在心上
它轻轻一晃
就会流出泪来

二

往事
如呼啸而过的客车
从心灵的荒芜上碾过
留下两条
深深的辙痕

不知道它
开往了哪里

只有喇叭清瘦的声音
至今

仍然悬挂在耳畔

三

为了遗忘
我在心里为它覆盖一层又一层
伤疤

可每当夜深人静
我又情不自禁一层又一层
揭开它

四

往事如挂在眉梢的
冰

当它一块一块
砸下来时
心，便透彻的寒

秘密

一

是谁 把发光的珍珠
洒满天上
真担心我那点小心思
大白于
天下

二

我低着头
不让任何人发现我的心事
这是一个秘密
只属于我的秘密
我得不露声色

可当我不经意仰头时
发现满天的星星
全都在笑我

早春

一

那张粉红的笑脸已按捺不住
早早地从雾色后
探出了头

小鸟滑过树枝的歌声
绿了枝头的第一枚新芽

二

早春只有三根头发
东一处西一处
流浪

我相信
今夜的细雨后
它便会在每一寸清瘦的土地上
疯狂生长

三

早春把笑脸藏在草丛
每当有风吹过
它便露了出来

四

早春是个女孩
裙裾粉绿
马尾辫翘翘

一看到人
她便低下羞红的脸蛋

五

早春住在河边
懒懒的
不肯起床

懒懒的

等待微风一遍一遍

唤醒她

盲人

一

我的白昼和夜晚
都是黑暗

我跟随一节死亡的竹
寻找着
黑暗的终点

二

仿佛看见
我永远的黑暗深处
你的名字
像阳光一样闪烁

手中的竹杖
再也掩不住心底的秘密

木

你为何那么迫不及待地
把身体交给了火
将自己
变成灰烬

是听厌了
绿叶背后的那些鸟鸣吗

硬币

无论它多么坚硬

多么执拗

终会在烈火的煅烧

和利器玩弄之后

成为

一枚流浪的小币

薄雾

真想看看
你美丽如纱的背后
藏着些什么

阳光
把一切明白之后
我只听见
破碎的声音

简单

我仰头望去
纯净的蓝上缀着几朵白云

我喜欢这简单的美丽
正如喜欢写一些简单的诗句
过一种简单的生活　和
简单的去爱一个人

漏斗

我想用漏斗
滤净已逝的前半生

那个噩梦一样的影子
却牢牢地
卡着漏斗的颈口……

无眠

无边无际的黑之上
缀满
忽明忽暗的星星

我用一支笔
挑开了黑夜

背影

她离去的背影
被河岸昏黄的灯越拉越长

河水没有回头
只有横河而来的风
听见了
泪水滴落的声音

荷

我相信那一池盛开的荷
是从我心里跳出去的
而此刻
它们再度穿过我的眼帘
进入我的心里

着一袭白衫
撑一片荷叶的女子
恍若
我昨天的留影

回忆

一

锁不住的你
总是在不设防的深夜
从黑暗里蹦出来

今夜
又是一场暴雨

二

那段早已逝去的日子
可是附着我灵魂的磁石

影子般的追随
总是一次又一次
让我
无端地流泪无故地伤心

记忆

我在记忆的波光里

摇了三次

第一次

摇出了甜蜜

第二次

摇出了些许酸楚

第三次

摇出的

是一串一串的泪

遗忘

用奔跑的速度
把一些事和人
远远甩在身后

可每当一坐下
那些人和事
又蜂拥至眼前

告别

夜把悬着的心越拉越低
那个刻在眼眶上的影子
逐渐与夜溶为一色

夜告别了光明
睫毛告别了泪水

月亮

一

你勾住了谁的相思
谁又把你
偷到湖的中央

二

儿时我便见过
它是爷爷割菜的镰刀

后来一直不知爷爷去了哪
原来是把它带到了天上

月饼

月亮是块诱人的饼

我想把它分成两半

一半自己吃

另一半

装进我口袋

放手

一

守住心里的
那一束微弱的光
不如
打开心门的锁

让走进来的阳光
把你整个的心灵照亮

二

无望的期盼
如燃尽的火焰
正在绿风中
慢慢熄灭

出去走走吧
窗外

有一只羽色艳丽的小鸟

正在那枝柳上

为你歌唱

三

木叶的娇色

让黄鸟的歌声痴迷

花儿的艳光

让天边的流霞羞愧

时间

将抚平所有的创伤

飘

没有一丝风的夜

思念都凝固了

记忆早已被揉碎

零零散散

悬浮夜空

若无风来

它便

永不着落

午后

茉莉花的幽香

被风

送进小屋

白色的思索

醉了

因香而抬起的目光

正撞着

扑进窗口的鸟儿

等你

我的目光
把你要来的路
望成了石头

我想用秋水
在这石头上
刻满你的名字

海

我的心底埋着一座海
又一次
离开地面的时候
海水涌了出来

那云层之下
竟似海底世界

痛

我在爱情的伤痕上
撒下一把
又一把盐

我知道
痛到极致后
它便不会再有感觉

漠

那些盈盈的

眼泪堆砌的句子

承受不起

你扔出的

刀锋般的

一个字

从此

那个曾经温婉的地方

升起一座冰山

寂寞

寂寞是挂在屋檐下的
一串串风铃

当秋风阵阵掠过
它便按捺不住地
叫唤起来

黄叶

耀眼的黄

心醉地挂在树上

美丽

有时是种假象

轻轻一碰

它们便纷纷落下

致夜

一

夜
覆盖了天地

数不清的灯火
却倔强地亮着

二

我更相信
夜其实是面镜子

在它面前
我无所遁形

三

夜抽空了所有的思绪

只留下

那个与空气共存的影子

和一份冷清的疼痛

四

把纯真的白

一次次绘在

湛蓝的天空

可黑的夜

又一次次

将它吞没

五

很多人喜欢听夜的欢笑

他们在斑斓的霓虹下

我喜欢在离夜最近的屋顶

与它悄悄对话

六

问夜借一支笔
在黑色幕墙上
涂抹一些心事
和
几许相思

夜不语
你
不语

七

蛊惑的夜
施放出一串串星火
温暖了多少相拥的爱人

也灼痛了多少

心在天涯的

孤客

八

夜

压制了世间的喧嚣

散开了睫毛尖上的浮尘

而那些纠结于心的烦忧

却通通飘到了天上

九

夹着风的夜

将心事搅乱

搅乱

乱成一张网时

某个影子便被过滤

便清晰地

浮现

十

夜

真的会被缩小吗

我把放大镜反过来看

嗡嗡飞来的蚊子

狠狠踹了我一脚

十一

夜

把寂寥的人缩小

并隐藏

可是

他们内心的寂寥却成正比地

放大开来

十二

夜

披着邪恶斑斓的躯壳

欲掩饰腐败的肉身

有愤怒的吼声

有女人的哭泣

从内里传出

我打开一本书

合上了一个夜

十三

夜

被倒进酒杯中

荡起一丝血红的涟漪

涟漪中

盛开出一朵朵

叫做思念的花

十四

夜是一艘巨大轮船

幸运的人都上船了

不幸的人儿

却挣扎于深渊

十五

我在夜之下滴落三颗泪

第一颗微咸

第二颗苦涩

第三颗无味

十六

我想取下头顶那把锋利的镰刀

割一块夜幕

做成披风

然后

独自流浪

故乡

一

时光的烈焰
把燃烧的故乡
深深烙印在心上

每当有风吹过
我便疼得醒了过来

二

我把滚烫的泪水
披在故乡身上

从此
故乡成了心底
不忍开启的秘密

三

故乡有时是个孩子
吃了饼便骑着月亮
飞到我头顶上

四

故乡
仿佛挂在屋檐下的风铃

每一个起风的日子
都能听到近处
远处
摇动的呼唤

五

故乡被父亲
悄悄藏在一管笛中

月圆的时候

便会从笛中

悠悠飘到天上

六

重返旧地

两两相望

我竟无从辨认你

故乡

已被远远

镶嵌进一幅画中

七

别人告诉我

这是我的故乡

可我不忍看它

不忍看

挂着我成串泪珠的柳条

还有让我睁不开眼的

霓虹的辉煌

沉默的芦苇

——

没有谁懂

无泪的沧桑

我们只顾仰望

树的挺拔

——

文字·我

那些我贱养了

好多年的文字

不知道

该把它们安置在哪里

不想让它们

和贫穷的灵魂为邻

不想让它们

与青色的梦呓为伴

不想让它们

与瓦蓝的希望同行

我要寻一处静地

然后

把那里收拾得一尘不染

然后

把往事埋葬一部分

扶起一部分

再把一部分

带到一个没有树木

没有鸟语

只有闲花和野草的地方

全部放飞

我要让阳光

穿透阴霾横过小溪走进来

让那些活蹦乱跳的文字

兀自随地爬行

自由呼吸

翩然舞蹈

留下的往事

会永远陪伴着它们

还要为它们

编一首不朽的童谣

不做诗人

我不是诗人
在漆黑的夜里
我只会重复两个动作
把伤痛晾起来
再用布盖上

我不做诗人
那一个个凝重的文字
如今显得轻佻
还把对我的嘲讽
挂在长长的嘴角

我不爱诗人
他们多数披着精致的外套
却忘了
年迈的母亲
还穿着粗布衣裳

是的
我永远成不了诗人

置身黑雾的笼罩

我知道

前方

再难闪烁

诗经莲花般的光亮

那声音

那声音

那如雷如火的声音

让一双深陷的眼睛

再也流不出

一滴哀戚的泪

那声音

那如戟如剑的声音

让一颗结满瘢痂的心

沉默了

麻木了

一切都在麻木和沉默中粉碎

一切都在沉默和麻木中继续

冬日的阳光

躲在一枚飘叶的身后

静静地看着

墙角边那朵冷色的

倔犟的花

花

把心事藏在

一簇簇

茂密的绿叶下

只让淡淡的幽香

飘进风中

飘进窗口

飘过一棵树或一条河

谁说花与这个世界无关

人间的绚丽和繁华

永远是

花的风韵

花的色彩

花是美丽的

更是无奈和忧郁的

因为雨季

就要来临……

雨后

那乌云

把大地压得

喘不过气来

仿佛要把人世洞穿的雨

一阵比一阵暴烈

微微颤动后的大地

依然傲立

太阳出来了！太阳出来了

蝉翼般透明的思索

围绕着

鲜亮鲜亮的绿

鸟儿婉转的歌

从一蓬柳影里

飞出……

迷路

我迷路了
迷失于
诗经的旷野
天空飞舞着
一个个文字的火鸟
绚丽而耀眼

我想以长风为口哨
将它们唤进思想丛林
让其奋飞
让其鸣叫

可我越想接近
它们
却飞得越远越高

焦急中，我的梦
竟生出了一双美丽的翅膀
沿着古风的方向
如精灵舞蹈

牢

蜷缩于

枯萎的墙角

地上堆满的烟头

与野草

同时生长

是的，某一处有几棵草

都了然于心

也清楚

破井边的蜘蛛

又织了几个网

贫瘠而凄凉

没有风景

没有野花

没有渴望的小鸟

飞过南方的家

桎梏的牢笼

开了一扇窗

不甘的心啊

渴望着醉意阑珊的斜阳

岸

在往事的潮水中挣扎
拼尽全力
依然无法抵达
曾经的岸

还有激情
挂在那荡荡的柳丝上吗
还有歌声
躺在野百合的微笑中吗
那支悠扬的竹笛
还等在
那棵飘香的
桂花树下吗

如叶的舟
泊在何方
如今，我只能站在
这个遥远的地方
一边遥望
一边让记忆

慢慢萎缩

萎缩成

一粒埃尘……

路灯

我想变成一盏路灯
发出微微的光
默默伫立于
街道一旁

低垂着头
只为照亮
漆黑的道路
和那车流前行的
方向

我的脚是钢筋水泥
牢固有力
我的脊梁不屈挺拔
任它狂风呼啸
丝毫也不退让

你不必在意我是否存在
和对你可有可无的光芒
默默伫立

只为守候

执著而独立

忠贞而坚强

等

我的心

一直像尘埃一样

悬着！悬着

悬着每一个不安的夜

太久太久的干渴

让空气喘着烦厌

让木叶缠着噩梦

让花儿的思想活来又死去

都在等一场雨

一场让肉体和灵魂复活的雨

一场酣畅淋漓的雨

一场死去活来的雨

然而

万物渴求的雨呀

是躲在上帝的榻下

还是在某一片荒野流浪

我把所有的欲望

囚进厚厚的壳里

我把枯黄的心事

像枯叶一样紧紧地卷着

然后望着天空

等一朵黑云飞过

等一声鸟语传来

……

城市

于它
我好像只是一个旁观者
虽然我在这里
度过了一个又一个盛夏
虽然我在这里
由一名女生变成了女人
然而
我却感觉
从来没有靠近过它

我知道
午夜的安静只是表象
它的内部
挤满了酒声和物欲
挤满了嘈杂和喧嚣

江岸的灯火
暗淡着满天的星星
红色的流波
恍如曾经的宣言

那些波光的每一次闪耀

都牵动着

我心底深深的疼痛

一切都越来越陌生了

包括街道

包括河流

包括密密麻麻的高楼

和人们脸上的笑容

是该回家了

回到那座大山的脚下

回到接纳过我一声啼哭的瓦屋

回到小鸟明媚的歌声中

回到母亲慈祥的目光里

于它

我只是一个旁观者

只是一个匆匆的过客

……

火漆

从我的眼中
燃进我心里的火
就那么轻松地
焚灭了
所有粉绿如春的情思

一切的一切
都缘于
那封不曾开启的
火焰封口的信

世界干净了
犹如北国的白雪
覆盖了大地之后的
干净

我要告诉你的那句话
也在化为缄默之后
被一只鸟的翅膀
带入云中……

火鸟

我在一幅画中
看见
一只只绚丽的火鸟
起舞飞翔

我也曾在一次梦里
梦见
无数脆弱的它们
枯干死亡

我记得
它们色如火焰的羽翎
曾让那些艳丽的云霞嫉妒
我知道
它们轻如彩云的舞姿
已被那些野性的流风埋葬

我曾迷醉过
火鸟一样热烈的文字
我曾憧憬过

比火鸟飞得更远的远方

如今
那些早已落满埃尘的梦
拽着火鸟们的影子
于一个寂寞的弯角处
滋生出
几多火鸟的颜色

依稀有一只孤独的火鸟
从云层背后飞来
并轻轻飘落在
我的肩上

蓝

眼睛渴望触碰的蓝
可是躲进那片冷灰的背后

彩虹宛若你的情愫
白云好似你的梦影
那双飞翔的鹰翼
正是你不倦的追求

哦！蓝哟
让我灵魂依附的蓝哟
为什么？为什么
你带给我的
总是这么多淡淡的忧伤
总是这么多长长的思念
而我
却只能遥遥地望着你
然后，费力地猜想
猜想你那些没骨的图画
猜想你那些无题的诗篇

雨来了！雨来了

今夜

我的梦依然会浸透

浸透你那

纯净的蓝……

谜

你那不是直视远方
就甘愿低垂足下的目光
恍若一个谜
一个剪不断理还乱的谜

你那不是散落叶背
就甘愿自葬水烟的叹息
恍若一个谜
一个放不下挑不起的谜

那缠绕在你指尖
或消散在你影外的飘烟
恍若一个谜
一个测不准捉不住的谜

你的银丝是个谜
你的乱眉是个谜
你的皱纹是个谜
你的远方是个谜
你的近水是个谜

你的晨光你的落霞和夜声

都是一个谜

一个谁也解不开的谜

十三级阶梯

灵魂一定已在另一处

等待就绪

我听到了催促声

遥远而清晰

可我还没准备好

尽管浑身套满铁链

十三级阶梯

每一步都拼尽全力

每一步都在沉重喘息

干涸的双眼

空洞着面前的世界

那个本该来救赎的人

从来未曾出现

灵魂的另一处

该是鸟语花香

清泉潺潺

是的，我又听到了冥冥中

不安的催促声

可我还没准备好
还有些什么
放不下

舞者的心事

在一首歌里穿行

我踏着音韵寻你

此刻

我是世间最美的舞者

远处有风飘来

就让它把歌声带到你耳边

把我优美的舞影

带进你的梦里

哦，我的亲爱

可是我又害怕

怕那霏霏的细雨

打湿我的舞鞋

怕那冷冷的烟霭

寒透你的心

沉默的芦苇

立于岸边

与石子相伴

与沙沙的风

缠绵　厮守着

它从未大声喊出过爱

也没因疼皱过眉

它没有羡慕过牡丹的绚丽

也未因自己的苍白而感羞愧

是的

它甚至从未抬过头

它始终沉默着

只等那风来

与它合奏一曲

大提琴般忧伤的旋律

孤独的流浪

天风如剪！天风如剪

如剪的天风

剪碎了

昨夜梦中的

那朵灿然的云霞

于是

枯萎的情丝

再也萌不了

一苞翠绿的新芽

褪色的文字

再也拼不出

一节绚丽的词话

孤独的灵魂

再也觅不到

一隅置放的家

请原谅我的不辞而别

这嚣嚣的都市

已无一粒飞尘

会让我

在月影下牵挂

而路的尽头

却恍惚

有一盏青灯

会让我的灵魂

在佛颂中

升华

别

渐渐模糊的背影
消逝在
幽暗的灯光下

落英如雪
落英下的心绪
卷着
一波一波的澜

然而，我不敢想象
你孤独的足音
我不敢回忆
你凋零的笑容

我只悄悄地
把强忍多时的眼泪
洒在
夜的深处

暮色

披着云的衣裳
静静地
带着几分羞涩
像我梦中的
新娘

我的眸子
开始泛动红潮
红潮深处
恍若有一种情
一种
凡者不识的情
在孤独地
荡来荡去

咖啡与茶

在大提琴的忧伤里

咖啡香

缭绕着　彷徨着

一壶普洱

平静着　温润着

茶不懂咖啡的苦

咖啡也嗅不到茶的芬芳

它们的气息在空中缠绵

它们的对视温柔而又迷茫

都是水中情怀

都在杯中回荡

它们都来自春天

却谁也找不到

秋的方向

路

不记得走了多久

意志已瘫软

然而，路

还在夜黑的深处

孤独的足音

没有压住戚戚的虫鸣

没有压住萧萧的风声

没有压住

一只夜狼的嚎叫

会有人问

你从哪里来

会有人问

你到何处去

踩响的那片落叶

已说出

世界的冷漠

已说出

人间的寒凉

走吧！走吧
即使天光来临
横卧在天光下的
依然是这条
苦难的路……

空气

谁也看不见它的游动
谁也听不见它的声音
谁也掳不走它的心事
虽然它比
飞絮和鸿毛更轻
虽然它比
朝晖和暮霞更贱

它旋绕于指尖
它舞蹈在湖面
那片绿叶的背后
有它无声的长吟
那朵梨花的蕊里
有它徜徉的斜影

它孕育着小草的绿
它喂养着小鸟的歌
它让所有的呼吸
长出蝴蝶一样的翅膀
它让所有的空间

充满蝉唱一样的热烈

它不会
因飞雪的白而逗留
也不会
因落尘的垢而离弃

随时都被人们遗忘的它
终于在
这个有阳光有春风的日子
被请进
一首小诗

我站在雾中

我站在雾中
站在
过去与未来的
纠缠之间

我无奈地看着
看着那只垂死的鸟儿
在挣扎
在哀鸣

我伸出双手
它与我的距离
让我像它一样无助
让我与它一起哀伤

那滴还没干透的泪
告诉我
要出发了
这次
必须出发
……

距离

你爱写诗
可诗的意象我越发难以理解
就像对你
我越想走近
却越不明白

似乎有荆棘从你的诗里
伸了出来
我不敢靠近
是的
我害怕
或许，我真的不懂
不懂你的忧思
不懂你骨子里的悲凉
我只看到了
你荆棘般的倔强
与张狂
奔跑在时光的树杈上

幽愁

曾几何时

忧愁悄然盘踞眉梢

积雨云般沉甸甸

压得明媚的阳光

再也挤不进眼帘

心扉已关闭

闻不到花香

听不见鸟语

恋人啊

她也被狠心地

挡在重门之外

不再向往海的浩瀚

不再渴盼天的高远

独自咀嚼苦涩

每当夜阑人静

总会把伊人的容颜

在辽阔的月辉里

画了一遍又一遍

汨罗江

汨罗江　汨罗江
高岸依旧涛声依旧的汨罗江啊
为何一江阳光
艳不了你的心绪
为何
两岸蝉声
抹不去你的忧郁

你仿佛
永远流淌在
一种如夜般的沉重之下
你仿佛
永远奔腾在
一种如火般的愤怒之中

那些挂在江壁和林梢之上的水烟
可是你
无声的泣诉
可是你
永远的悲咽

两千年前的　今日

一位诗人

就是在那朵路过的白云下面

从那　高高的江岸上飞出

——溅起的江花

没有托住

那如絮的身躯

没有托住

那如铁的灵魂

招魂的旗幡

在滔滔的　大江之上

寻觅着

一粒楚辞的　光亮

粽子的香味

在袅袅的炊烟中间

挽住了

一声急促的鸟鸣

龙舟的掠影

在激越的鼓点声里

撒下了
后人们无边的哀思

汨罗江！汨罗江！！！
流风号号草木戚然
远山和近水如铅的
汨罗江啊！

寒晨

四月的黎明

仍吐着微微的寒

飞奔的心

回应着

来自故乡的呼唤

远远看到一群嬉戏的顽童

而那棵老槐树

仿佛更加老了

只要风儿轻轻一吹

胡须便四处飘散

风中有故乡泥土的香味

泥土里

有奶奶不愿结尾的童谣

我在奶奶的童谣中

落下的那滴泪

会在今夜

发出

莹莹的光亮

桥

横卧在滚滚大江
和腾腾水烟之上的桥啊
你已卧成
一段进步
一节文明
一章太阳一样的
鲜红鲜红的誓言

南来北往的车流
恍若南北同音的文字
早已在
你那坚毅的脊背上
合成了
一首又一首朦朦胧胧的诗

那些生长于大江之上的
艄公们的号子
就是迎着你诞生而慢慢地
走进了
历史的深处

那位曾经俏立船头的

扎着花巾的女人

此时此刻

也许正坐在高岸的

某一个地方

横卧在滚滚大江

和腾腾水烟之上的桥啊

在经历了无数的风雨之后

你终于迎来了

两岸灯火的

灿烂辉煌

自白

你知道

那些文字，那些方形的文字

一旦组成一个或几个词

就会诞生一段

或喜或悲或壮烈的故事

于是，你对文字

充满敬意充满虔诚

也充满沉沉的悲悯

那些从你口中弹出的词

宛如幽谷中潺潺的水声

是那么清亮那么透明

仿佛暖暖的春天

总是缠绵，逗留在你的唇边

那些从你口中弹出的词

好似草原奔马，跶哒的蹄音

是那么强劲那么激烈

仿佛天地间的所有激情

全都汇集在你辽辽的心底

那些从你口中弹出的词

好像江岸梧桐，沙沙的落叶声

是那么忧郁那么低沉

仿佛秋风掀开的所有哀愁

都悄然靠近你曳曳的双鬓

哦！那些从你口中弹出的词语

不知道

让多少温暖悄悄散开

让多少希望奋然升起

临窗而坐

临窗而坐的你
是那么宁静
那么恬淡
恍若九月的菊

是窗外的栀子花
拽住了你的目光
还是柳枝上的鸟音
绊往了你的思索
抑或是
骑在院墙上的阳光
把你引入了
一程难忘的岁月

曾经的记忆
已爬满皱纹
唯有堆放在心底的
那些笑过愁过苦过甜过的
一生一世的情缘
还依旧那么年轻

那么灿然

临窗而坐
双肩挑过的日子
仿佛正蹲在你的膝前
守望着
你的那份宁静
和在宁静中
悄悄扩散的爱

抑郁症

我沉沦于一个故事里
久久不能自拔
我随着剧情
经历了甜蜜与辛酸
背负了灵魂的鞭打

我无数次幻想
如何悄悄死去
如何没有疼痛
最好是没有知觉地
离开这个世界

我在这个故事里
绕了一圈又一圈
我碰到无数个木偶
还有那些个戏子
我看透了它们的伎俩
我受够了它们的嘴脸

可始终没找到出口

我心疲力尽

绝望使我想到死亡

是的

只有设计我在故事里死去

我才能够在另一个故事里

获得重生

帆

从遥远的海岸

徐徐驶来

披着熹微曙光

背负神圣使命

无论黑夜

抑或白昼

它执着而坚定地航行着

无论风暴

还是漩涡

它总以无穷智慧

冲出重围

它在阳光下飞扬青春

它在碧波上书写理想

它在云彩边纵情歌唱

它在骤雨中沉淀思考

从北到南的帆

引领无数才俊的帆

在金色的余晖里

格外鲜艳的帆

此刻

终于挣脱眼眶束缚

在天与海的尽头

溶入那条笔直的地平线

八月桂香

我终于还是没有管住眼泪
再次离开这里了
万般　万般的思绪
挤压着我的心

一座座山峦滑过耳际
桂花的芬芳
却仍逗留鼻尖

这座改变我一生的城
氤氲着湿漉漉的幽香
那棵我梦中的桂花树
近了　又远了

虽然我迷恋桂花
但我不能采摘
我不能奢望太多
更不能打破这平衡
我把它当作亲人
它更是我心底的情人

你是谁

你是谁

我好像见过你

是在远古的某个秋天

还是在

昨夜的梦里

你是谁

温柔磁性的嗓音

常在我耳畔喃喃细语

可我伸出手

却是那样遥不可及

你到底是谁

既然相遇

就别再迟疑

快转过身

让我

让我把你看仔细